2509

LES MOTIFS
DE LA
GUERRE.
O D E.

Par M. DENESLE.

Diffipa Gentes quæ Bella volunt.
Pfalm. LXVII.

A PARIS,
DE L'IMPRIMERIE DE J. B. COIGNARD,
IMPRIMEUR DU ROY.

MDCCXLIV.

AVANT-PROPOS.

ENcore une Ode ! va-t'on dire. Mais elle vient bien tard ! l'on s'en étonnera moins, quand on fçaura que l'Auteur s'étoit bien promis de ne la point donner. En voici la raifon. Le fort de prefque toutes celles qui ont paru l'avoit effraié ; & il ne vouloit être pour rien dans les reproches mortifiants qui ont été faits à notre fiécle ; que *Paris n'a jamais vû tant de tranfports divers ; tant de feux d'artifice, & fi peu de bons Vers.*

Mais fes craintes fe font diffipées, & il s'eft rendu aux remontrances de quelques amis fenfés, qui font enfin venus à bout de lui faire comprendre, qu'il ne s'agit ici de rien moins que de briller par des talents fupérieurs, mais par fon zéle pour fon Roi & pour la Patrie. Ils ont ajouté, qu'un homme connu pour avoir fouvent employé beaucoup de temps à rimer des futilités, auroit très-mauvaife grace de refter oifif, pendant que toute la France eft en mouvement, & s'empreffe de donner des marques de la joie la plus vive, après en avoir donné de la trifteffe la plus profonde ; qu'un Poëte d'ailleurs, qui contre l'ordinaire étoit fi timide, ne pouvoit faire un plus beau facrifice à la joie publique que de lui immoler fa vanité, en l'expofant au péril inévitable des fifflets. Ils ont encore dit, (& c'eft ce qui a le plus raffuré l'Auteur,) que le Roi étant en tout fens l'image de Dieu fur la terre, on pouvoit à coup fur fe perfuader, que comme lui, il recevoit avec une extrême bonté tous les hommages que l'on lui préfentoit, & ne s'offençoit point du tout, que la Grenouille & le Corbeau, ne vouluſſent pas laiſſer au ſeul Roſſignol, la ſatisfaction de chanter ſes Grandeurs.... Ce raiſonnement fait l'apologie de toutes les mauvaiſes Piéces dont le Public a été inondé ; car, à dire vrai, chacun a fait de ſon mieux ; & un Auteur n'a-t'il pas aſſez de chagrin de s'appercevoir que ſon talent ne ſéconde pas ſon intention, ſans qu'il ait encore celui de ſe voir badiné.... Pour revenir à notre ſujet ; le riche dans les réjouiſſances publiques a fait de ſon Hôtel un Palais de feu ; le pauvre a placé deux ou trois foibles luminaires ſur ſon guichet ; ſuppoſons que le Roi en paſſant l'ait remarqué ; peut-on douter, avec cette humanité vraiement royale qui le caractériſe, qu'il n'ait été plus touché de la ſimple & naïve démonſtration de l'un, qui offre de ſon néceſſaire, que de la faſtueuſe oſtentation de l'autre, qui n'effleure pas même ſon ſuperflu.

LES

LES MOTIFS
DE LA
GUERRE.

O D E.

DEMON cruel de la Guerre,
Noir miniſtre de la Mort,
Qui pour depeupler la Terre
Préviens les Arrêts du ſort ;
Replonge-toi dans l'abîme
D'où t'a fait ſortir le Crime,
Reprens ce glaive aſſaſſin,
Dont à leur perte obſtinées,
Les Nations forcenées
Dechirent leur propre ſein.

A 2

Des François l'augufte Pere
Ne connoît point ta fureur ;
C'eft l'équité qui l'éclaire
Dans le fentier de l'Honneur......
Louis à regret s'apprête
A brifer enfin la tête
De fes trop fiers Ennemis......
Ah ! que bientôt fa clémence
Defarmera fa vengeance
Quand il les aura foumis.

Trop long tems de leur malice
Meprifant les vains complots ,
La Paix retient la juftice
Dans les bras de ce Heros.
Sage Louis , lui dit-elle ,
Par une route nouvelle
Cherche un rang parmi les Dieux.
Sois mon Fils..... ce titre aimable ,
Bien mieux qu'un nom redoutable
Te rendra digne des Cieux.

TES Ancêtres magnanimes,
Tous Conquerans, tous grands Rois,
Se font fait des Noms fublimes
Par les plus fameux exploits:
Mais d'un Prince pacifique,
L'éclat non moins héroïque
Offre plus de majefté :
Tel dans une paix profonde
Tu régis, Moteur du Monde,
Un Empire illimité.

LES Enfans de la victoire
Doivent-ils être immortels,
Pour avoir fçu de la Gloire
Enfanglanter les Autels?
Ce Grec, qui de fang avide,
Torrent fougueux & rapide,
En tous lieux porta l'horreur;
Qu'eft-il? un héros frivole,
Dont la préfomption folle
Du Monde fit le malheur.

D'UNE gloire plus humaine

Sois touché, Fils de la Paix,

La Guerre souvent entraîne

Les plus tragiques Forfaits.....

Un Peuple qui te revere,

En toi croit revoir son Pere

Et le plus cher de ses Rois.....

LOUIS, quel heureux présage!

Tu lui rendras le plus sage

Louis XII. Et le meilleur des VALOIS.
surnommé le
Pere du
Peuple.

MAIS pendant que je t'arrête,

Avec quels bruyants éclats

Une effroyable Tempête

T'appelle-t'elle aux combats !......

Prince, contre l'injustice,

La cruauté, l'artifice,

Mes efforts sont superflus.....

Cours..... à l'Ennemi perfide

Oppose un front intrépide;

Parts..... je ne te retiens plus.

❋

GRAND ROI ; c'eſt à toi d'inſtruire
Des Vaſſaux ſéditieux :
A reſpecter un Empire
Que fondérent tes Aïeux.....
Prête à l'Aigle ton tonnerre ,
Il fera mordre la terre
A ſes cruels Oppreſſeurs.....
Aſtre brillant de la France ,
De leur coupable Alliance
Vien diſſiper les noirceurs....

❋

LORSQUE déchirant la Nue
Par des coups impétueux :
La Foudre cherche une iſſue
A ſes redoutables feux ;
Plus cet obſtacle l'indigne ,
Plus il rend ſa chute inſigne ,
Les vents grondent en fureur ;
Le jour fuit , & la Nature
Tremble qu'elle ne meſure
La vengeance à la lenteur.

DE même & plus formidable,
LOUIS, du fein du Repos,
Plein d'un couroux équitable
Fait déployer fes Drapeaux :
La Juftice tient fa lance ;
Guidé par elle il s'avance.....
Le Belge fur fes Ramparts
En vain frémit & ménace ;
LOUIS confond fon audace,
Et tonne de toutes parts.

BELGE, as-tu pu méconnoître
Ce Sang fécond en Guerriers ?
A peine il daigne paroître,
Il brife tes vains Lauriers :
Cette valeur indomtée,
Dans les BOURBONS fi vantée,
Eclate dans tout fon jour......
Appren qu'un fage filence
Gardoit à ton imprudence
Ce jufte & fatal retour.

La victoire étend ſes aîles ;
Et déja du grand Louis,
Sur ſes traces immortelles
Elle reconnoît le Fils.....
Grand Louis , Ombre ſublime !
Ta Cendre ici ſe ranime ;
Ton Nom n'eſt point démenti :
Voi renouveller l'hiſtoire
Des fiers Soûtiens de ta Gloire
Dans Clermont , Chartres , Conti.

Louis XIV.

Ce Roi , toujours vôtre Maître ,
Peuples toujours factieux ,
Dans ſon Fils vient reparoître ;
C'eſt lui qui brille à vos yeux :
Il tient cette même Foudre ,
Qui tant de fois mit en poudre
Vos Boulevarts ennemis.....
Eprouvez qu'avec ſon ſceptre ,
Le pouvoir de vous ſoumettre ,
A ſes Enfans eſt tranſmis.

Louis XIV.

Pouvois-tu donc moins attendre;
Ypres, de ton fol orgueil?
Sous tes murailles en cendre
Tu vas trouver ton cercueil!
Quoi! tant de Peuples plus fages,
Du vainqueur par leurs hommages
Auront fléchi le couroux!
Et cette ville arrogante,
De fa Main toute-puiſſante
Prétendra braver les coups!

Subis le joug du plus juſte
Et du plus clement des Rois;
Lis fur fon vifage auguſte
L'humanité de fes loix:
Il plaint le deſtin barbare
Que ta Fureur te prépare:
Semblable au divin Titus,
Qui réduifant en pouſſiére
Les murs d'une Ville altiére
Tendoit les bras aux vaincus.

JAMAIS tes Guerriers, ô France,
N'ont, à travers mille Morts,
Fait redouter leur vaillance
Par de plus nobles efforts :
Mais ſi le Soldat terrible
Montre une ardeur invincible ;
S'il affronte avec mépris
Le trait fatal qui le perce ;
C'eſt que de ce ſang qu'il verſe,
Son Roi connoît tout le prix.

LOUIS, vainqueur deſirable
Ton équité, tes bienfaits,
Rendent ton joug adorable
Aux Peuples que tu ſoumets !
Des Dieux, Préſent ſalutaire,
La Paix aux hommes ſi chere
Eſt l'ame de tes travaux ;
Chaque inſtant te développe,
Et fait connoître à l'Europe
Le Modéle des Héros...

B

Quelles plaintes douloureuſes
Tout à coup troublent les airs !
Quelles ténèbres affreuſes
Viennent couvrir l'Univers !
Quel Bruit ſemant l'épouvante
Tient les Mortels dans l'attente
Des plus funeſtes malheurs !
Ah ! France ! Helas ! C'eſt ta tête
Que cette noire tempête
Ménace de ſes fureurs !

Il n'eſt point de Bien ſolide
Pour les malheureux Humains !
Toûjours d'une aîle rapide
Il s'envole de leurs mains !
D'une Apparence brillante
Douceur fauſſe & ſéduiſante,
Ceſſe de nous ennivrer !
Revers cruel ! Triſte Gloire !
Dans le ſein de la victoire,
François vous allez pleurer !

Le Ciel , jaloux que la Terre
Posséde tant de vertus ,
Veut au-deſſus du Tonnerre
Eléver votre Titus.
De ce Héros la grande Ame ,
Va briller , divine Flame ,
Dans le ſéjour lumineux...
Ah ! montre-toi moins ſévere !
Ciel , laiſſe-nous notre Pere !
Il vouloit nous rendre heureux !

De la France conſternée
Vois-tu le Génie en pleurs ,
Et la Victoire étonnée
Qui gémit ſur les vainqueurs ?.....
Perte à jamais déplorable !
Tu ſeras irréparable !
Prince , tes derniers Momens ,
En t'arrachant à la vie ,
Font trembler la Monarchie
Juſque dans ſes Fondemens.

Louis étoit votre Arbitre,
Ambitieux Potentats !
Il ne vouloit qu'a ce titre
Pacifier vos Débats !
Son cœur juste, secourable,
D'un incendie effroiable
Venoit éteindre les feux...
Mortels, un Héros si sage,
N'étoit point votre partage;
Il étoit fait pour les Dieux !

Le Ciel le rend à tes larmes,
France; sa tendre rigueur
Par de si vives allarmes
Ne veut qu'éprouver ton cœur......
Ce Monarque, tes Délices,
Va par ses regards propices
Te causer un doux Transport...
Après une longue absence,
Soleil, ainsi ta présence
Rit aux Nations du Nort.

GRAND Dieu, ton Regne fuprême
S'étend au-de-là des cieux :
Mais pour nous ta Bonté même
Te cache à nos foibles yeux.
Dans les Princes, ta puiſſance,
Ta juſtice, ou ta clémence
Reglent le fort des Humains...
C'eſt toi dont le cœur fenſible
Dans LOUIS fe rend viſible
Et préfide à nos deſtins.

QUEL faux Eſpoir vous ranime
Princes liguez contre lui?
Pour la Caufe légitime
Dieu fe déclare aujourd'hui.
Il remet dans la Carriere
Cet Aſtre, dont la lumiere
Sur nous tient les cieux ouverts...
Ofez, perfides, l'attendre;
Et fon Triomphe va rendre
Le repos à l'Univers.

Sᴀ valeur infatigable
Déja le porte en tous lieux;
Déja ſon Bras redoutable
Domte Fribourg à vos yeux!
Son impétueuſe courſe
Ne vous laiſſe de reſſource
Que dans la ſeule Equité...
Elle ſeule, aveugles Princes,
Peut de vos triſtes Provinces
Ceſſer la Calamité.

Aᴄʜᴇᴠᴇ ce grand Ouvrage,
Lᴏᴜɪs, ſeul digne de Toi,
Fais le bonheur de notre Age,
Sois-en le Pere & le Roi...
Heureuſe Paix... d'une vie,
Du Monde entier ſi chérie,
Vien tranquiliſer le cours...
La chûte de cent Murailles,
Le gain de trente Batailles,
Valent-ils un de ſes jours?

Lû & approuvé ce 2. Décembre 1744.

CREBILLON.

Vû l'Approbation du Sieur Crébillon. Permis d'imprimer.
A Paris, le 3. Décembre 1744.

MARVILLE.

www.ingramcontent.com/pod-product-compliance
Lightning Source LLC
Chambersburg PA
CBHW061534170626
46811CB00004B/1943